III
Três
Imensas
Novelas

Vicente Huidobro
Hans Arp

III Três Imensas Novelas

Tradução e posfácio
Jorge Henrique Bastos

Desenhos
Ferenkiss

ILUMINURAS

Capa e projeto gráfico
Eder Cardoso / Iluminuras

Desenhos
Ferenkiss

Revisão
Monika Vibeskaia

CIP-BRASIL. CATALOGAÇÃO NA PUBLICAÇÃO
SINDICATO NACIONAL DOS EDITORES DE LIVROS, RJ
H891t

Huidobro, Vicente, 1893-1948
Três imensas novelas / Vicente Huidobro, Hans Arp ; tradução e posfácio Jorge Henrique Bastos ; desenhos Ferenkiss ; - 1. ed. - São Paulo : Iluminuras, 2021.
112 p. ; 21 cm.

Tradução de: Tres novelas ejemplares
Inclui índice
ISBN 978-6-55519-101-1

1. Novela chilena. 2. Novela alemã. I. Arp, Hans, 1887-1966. II. Bastos, Jorge Henrique. III. Ferenkiss. IV. Título.

21-71624 CDD: 808.83
CDU: 82-32(83+430)

Meri Gleice Rodrigues de Souza - Bibliotecária - CRB-7/6439

2021
EDITORA ILUMINURAS LTDA.
Rua Inácio Pereira da Rocha, 389 - 05432-011 - São Paulo - SP - Brasil
Tel./ Fax: 55 11 3031-6161
iluminuras@iluminuras.com.br
www.iluminuras.com.br

Índice

Três Imensas Novelas

Vicente Huidobro e *Hans Arp*

Salvai vossos olhos

(Novela pós-histórica)

Era o dia de natal, o primeiro de maio. Do céu caíam homens de neve e tonéis cheios de trovões. Flutuavam sobre o mundo os três últimos corações calafetados: a Liberdade, a Igualdade, a Fraternidade. Era o último dia do novo ano. A árvore do idealismo, esta árvore sentimental na qual se abalavam os ninhos dos filósofos materialistas, foi abatida por um trovão de hélio.

Os homens se transformaram em cebolas cozidas, com um palito de dentes entre os dedos dos pés e uma bandeira de cores sagradas na casa do botão direito da calça esquerda. Dez minutos mais tarde os homens haviam desaparecido e a última mulher mastigava suas pílulas orientais, sentada sobre as teclas da mais alta montanha da terra. Tinha algo parecido com a Arca de Noé, embora sua barba fosse um pouco mais longa e seu pombo um pouco menor. Contudo, levava no bico do seu olhar fixo um ramo formoso de oliveira. (Esta oliveira se transformou hoje num alfinete de gravata dos curtos-circuitos especializados).

Como o leitor deve ter compreendido, o homem desaparecera da face da terra, em seu lugar podemos ver o glóbulo *hermafrometálico*, esbelto e elegante, não é maior do que a metade da orelha do Angelus da tarde, nem mais longo do que o meridiano de Greenwich às 6 e 40 do dia.

Este ser, elegante e esbelto, está perfeitamente estandardizado e pode ser comprado por dois francos e cinquenta em todos os armazéns bem abastecidos. Seu espaço individual não passa de 25 centímetros cúbicos. Quando sua respiração excede algo mais além dessa medida, ele a duplica por dois ou três, segundo as circunstâncias.

Aqui devemos advertir, para a perfeita compreensão de nossa história, que esses seres, quando se encontram isolados, se chamam Antônio, e quando estão em grupos, se chamam José. Suas mulheres, quando a quantidade de glóbulos que as formam passa de um metro de altura, se chamam Carolina; quando não atingem um metro, se chamam Rosa Maria.

Os Antônios, que há muito tempo suplantaram nosso plano físico de vanguarda coletiva e nos aniquilaram completamente, os Antônios, repito, apresentam no lugar em que temos bigodes engomados, magníficas correntes alternativas que revelam o gesto altivo do índice que Virgílio deixara esquecido num tronco de árvore, poucos dias antes da sua morte. Isso em relação aos bigodes, quanto aos outros que nos ajudavam a saber a hora precisa em qualquer momento do dia ou da noite, eles não possuem, mas têm no lugar pequenos arco-íris cantantes, cobertos cada um por hemisférios de alumínio.

Os Josés expõem um caráter que se assemelha ao paládio 36, que é mais rápido que a água e seus lebréis. Os Josés são transparentes como a estratosfera antes da descoberta da América. São aureolados por um círculo de fumaça que lhes confere um ar coquete, gracioso e higiênico. Exibem um talento especial para decifrar os hieróglifos do tempo dos homens. Eles decifraram o magnífico hino religioso que aqui incluímos para a solaz meditação dos nossos leitores:

"Quando empregarem os óculos eternos com perfume de meteoros para vossa T^{8} ou vossa M^{15}, vós não arranhareis jamais o infinito nem a tormenta da elite do mundo elegante, nem o lagarto africano sobre todas as grandes marcas.

Boa sorte, o dia de glória chegou com o big Satã nu, só depois da meia-noite o renome mundial das vias urinárias cresce sempre.

Qualquer que seja vosso novo quadro de aderências, não agraveis o mal arranhando o marinheiro, pois o órgão excepcional lhe dá absoluta segurança.

Se tartarugas voadoras obscurecem vossa vista, se vosso nariz aparece lacrimejante e cravado nas manhãs contra os muros e vossos lábios são céleres como os ofícios da morte ou as preparadoras e cortadores de troncos, não vos assusteis. Isso significa sempre a essência das mais altas temperaturas".

"*Allons enfant de la patrie*, salvai os olhos dos marinheiros".

Para a perfeita compreensão de nossa história, devemos agora explicar alguns pormenores sobre as Carolinas e também sobre as Rosa Marias. As Carolinas são glóbulos hermafrometálicos com um tamanho permanente de películas protetoras sobre as peças móveis. Quando começam a girar estão frias e funcionam melhor. Sua temperatura é considerável quando a pressão influi sobre suas qualidades lubrificantes, mas as impurezas que deslizam não prejudicam sua eficácia. Elas absorvem o calor e é de suma importância esvaziá-las amiúde.

As Rosa Marias são perversas. Em seu trajeto através do mundo absorvem e evacuam uma grande quantidade de vitaminas celestes. Essa participação da vida só pode ser assegurada por um magnetismo de primeira classe à venda em bidões lacrados. Isto é uma garantia para vossa vida privada e econômica.

Esses seres transformaram o mundo, varreram os continentes e os mares da terra. A Austrália se transformou num ruído coletivo, a Europa é uma casa de botão para as legiões de nebulosas e as condecorações de danças pós-paranoicas. Fizeram da África um chiqueiro tricolor para a eletricidade arcaica dos aeroplanos sentimentais ou venezianos, perfumados de jasmim e os alto-falantes da sabedoria.

Aqui devemos chamar a atenção, para a perfeita compreensão de nossa história, de que os únicos seres que não puderam ser varridos pelos glóbulos hermafrometálicos foram os esquilos. Estes pequenos esnobes dos pinheiros, comedores de luto, fabricantes de motores a coração, provadores de dor, decapitadores das irmãs dos incas, estes inventores do vento norte passeavam sobre os desertos do racionalismo, burlando os glóbulos hermafrometálicos. Faziam-nos sentir o aroma de lavanda e imitavam os gritos e os cantos dos mochos, dos relógios e dos padres, de tal maneira que os glóbulos tremiam como nós ante os espectros. Serviam salsichas descentradas e mostravam imagens vergonhosas do tempo das revoluções quando os burgueses teimavam em defender e propagar sua lepra ultravioleta. Então os glóbulos enrubesciam e os filtros que lhes protegiam contra toda metafísica começavam a espirrar como contos de fada. Quem podia garantir aos glóbulos hermafrometálicos que os esquilos não possuíam um poder cabalístico e que a qualquer momento não fariam surgir pradarias materialistas cheias de miosótis e de confessionários? Ah! Estes pequenos vingadores e revendedores de melancolia, estes sacerdotes do bom comer eram inimigos encarniçados do Antonismo e do Josefismo, da higiene e das matemáticas.

Por que razão esquecemos de falar da América e da Ásia? Devia haver alguma razão para semelhante esquecimento. Não havia razão alguma para tal esquecimento. A América se converteu num fogo fátuo sutil e prestidigitador. Assim, os cinco continentes não uivavam mais nas noites de lua.

Para a perfeita compreensão de nossa história devemos contar ao leitor o que sucedeu numa tarde do ano O^3Z^7.

Rosa Maria passeava pelas selvas fluídicas, contemplando em pequenos espelhos de centelhas seus formosos lábios indecifráveis, quando de repente encontrou uma velha caverna esquecida. A curiosidade, essa virtude dos ascensores

e dos timbres elétricos, a fez penetrar nos seus labirintos. Depois de andar muito nas trevas, encontrou estendido entre as rosas o cadáver petrificado de um velho lobo do ar, com o cachimbo ainda esfumaçado entre os lábios e o rosto queimado pelos sóis inocentes da pré-história filosófica.

Rosa Maria sentia as atrações generatrizes e os imanes genitivos de José e, como é natural, correu para lhe contar sobre sua descoberta. Todo mundo sabe que os Josés, graças a uma longa experiência, com seus instrumentos constantemente aperfeiçoados e a excelência de seus métodos, produzem um calor capaz de satisfazer plenamente qualquer exigência. Mas a experiência que antes nascia só na ponta extrema de cada cabelo branco, agora nasce três meses antes que eles comecem a lançar raízes, lhes ensinou a evitar os momentos perigosos e salvar dignamente as dificuldades por meio da simples fricção de duas peças isoladas, uma contra a outra, o que produz a proteção eficaz e permanente de suas propriedades climatéricas íntimas e reduz a nada todos os ataques. José, seguro de si mesmo, seguiu Rosa Maria entre a selva fluídica e desceu com ela até o fundo da caverna perdida. Ali, como podia se prever, a discussão explodiu.

— Afirmo que não é um velho lobo do ar — disse José. É o futuro soldado desconhecido.

— Pode te desiludir — exclamou Rosa Maria, irônica —, não há dúvida de que é um velho lobo do ar; olha como o cachimbo fumega entre seus lábios e como suas mãos têm forma de aterrissagem forçada.

— Eu não vejo tal aterrissagem forçada, quanto ao tal cachimbo, não é senão um cometa que lhe cai da boca, ou se preferir, uma espécie de vômito de fogo no qual se vê uma bruxa que completa noventa anos, após o nascimento de José. Defendo que é o futuro soldado desconhecido; olha como lhe brotam medalhas do nariz e observa seu sorriso de astúcia.

— Impossível. Se fosse o futuro soldado desconhecido, revelaria evidentes signos da vida. Além do mais, isso poderia provar que haveria ainda guerras, o que é um erro científico, como tu sabes.

— Nunca disse que era o soldado desconhecido de nossas futuras guerras, não me tomes por imbecil, digo que seria das guerras dos homens, e não chegou a realizar seu sonho porque a morte o surpreendeu antes da última guerra.

Para a perfeita compreensão de nossa história, devemos dizer ao leitor atento que essa terrível discussão removeu as fibras harmoniosas do futuro soldado desconhecido, o qual, tirando seus lábios do mármore, deixou cair o cachimbo e cantou esta formosa canção:

Vi dois esquilos
Fazendo caretas
Ordenhar um sepulcro
Lançando pés de cabra.

Por que razão o paraquedas
Caiu dos céus
Por que razão os esquilos
Se escovam em seus voos.

Por que a guerra que eu espero
Se perdeu no bosque espesso

Depois de entoada a última palavra, se ouviu um disparo de canhão e um disparo de guarda-chuva. Ao mesmo tempo, toda a caverna se encheu de estalactites de honra.

Pela mesma razão, Rosa Maria suplantou a medida de um metro e se transformou em Carolina, o que obrigou José a sair para fora da caverna e levá-la até Antônio, que era então o mais adequado para ela, pois sabe-se que os Antônios devem casar com Carolinas e os Josés com Rosa Marias.

Carolina e Antônio se abraçaram chorando de alegria entre um plano que girava em torno de seu eixo, como uma folha à mercê das polias do vento que passa sem saudar.

Nesses momentos de amor, uma deplorável regressão sobre os tempos históricos apareceu nos seres revolucionados e pós-históricos. Lágrimas com pelos brotaram do interior de seus glóbulos, termômetros de seiva ascendiam em turbilhão pelo magma de seus corpos. Seus glóbulos se esfregavam com um barulho que quase recordava os antigos beijos e, numa febre de fidelidade, quatorze flechas alfa lhes atravessaram de parte a parte, lhes produzindo um deleite desconhecido e intraduzível.

Carolina, olhando José com ar atlântico, exclamou:

— Desculpa, José, eu não posso te amar, pois és vários e eu me transformei em exclusivista.

José permaneceu mudo e fincado no chão como uma lâmpada de amargura, com as orelhas radioativas viradas sobre o horizonte. Diante deste espetáculo de ternura incomparável, se sentiu colhido por um raio ultratango que lhe lançou para o espaço contra um eclipse e explodiu em mil pedaços.

Um grande relâmpago vindo das alturas se afastou crescendo como o mais belo juramento de amor.

Para a perfeita compreensão da nossa história, aqui devemos terminar nossa história.

O jardineiro do castelo da meia-noite

(Novela policial)

Ao ouvir um grito desesperado, os vizinhos correram para a casa contígua. A porta e as janelas estavam fechadas. A porta foi violentada, ao passar o limiar, os vizinhos ficaram petrificados pelo horrível quadro que surgiu ante seus olhos. Um cadáver estava estendido com a boca aberta e os braços mais abertos ainda. Devido seu pequeno acento de *sale étranger*, podia se adivinhar que a vítima era um suíço.

Após penosas investigações, se chegou à conclusão de que o respectivo cadáver não havia falecido de morte natural, mas fora assassinado por um ser misterioso. Era possível ver na ponta da sua língua a estranha picada de animal ou de um inseto, talvez um escorpião hipnotizado pelo criminoso imundo.

Não era difícil perceber na habitação os sinais evidentes de luta. No teto viam-se pregadas as obras completas de Racine, Corneille e Molière. O tinteiro estava cheio de sangue; na mão direita da vítima, crispada pela morte, havia uma longa barba recém arrancada; na mão esquerda, um cartão de visita com o nome de Félix Potin, escrito dentro de um triângulo vermelho.

Os vizinhos correram em busca da polícia. Ao voltarem, acompanhados de dois juízes, cinco detetives e quatorze policiais, encontraram o apartamento em perfeita ordem e alugado ao senhor Charles Dupont, honrado representante do Armazém Nicolau.

Os policiais estavam desconcertados, quando um dos detetives amadores mostrou aos três detetives profissionais a silhueta de um formoso iate que passava singrando, como que à deriva, sobre o Tâmisa. O iate levava entre seus lábios um magnífico cachimbo que todos reconheceram logo como o cachimbo do célebre detetive Alfonso Treze.

Como o leitor deve ter percebido, Jorge Quinto acabara de ser assassinado. Quem o assassinou? Fora por acaso os *boy scouts* ingleses? A mão negra de carvão dos carbonários italianos? Talvez a Legião de Honra polonesa? Mas, como ter certeza? Era preciso esclarecer o mistério antes de lançar semelhante acusação aos quatro ventos.

O cão-lobo, consciente do seu dever, colocou uma barba e os óculos, pegou seu cachimbo e um violino que servira noutras ocasiões ao célebre pintor Ingres. Disfarçado dessa maneira, saiu em busca do assassino. Devemos advertir que este disfarce se assemelhava de maneira perfeita ao senhor Charles Dupont em pessoa.

Guilherme Segundo, mais morto do que vivo, começou sua busca também pelo criminoso. Queria decifrar o mistério de qualquer maneira, ou afastar de si mesmo toda suspeita. Detrás de cada orelha havia uma bandeira da Legião de Honra polonesa (isso para inspirar confiança nos maliciosos). Sobre a cabeça havia um saco de sardinhas norueguesas; sob seus pés, almofadões de plumas verdes. Assim, perfeitamente vestido, se lançou a todo galope atrás da pista do assassino.

Viam-se passar numa velocidade diabólica e moderna toda classe de motocicletas, uma após outra, duzentos automóveis, sessenta e sete aeroplanos, cães policiais, pombos correio, cavalos árabes, vários hábeis esquiadores, tartarugas particulares da Scotland Yard, lagostas fritas da rua Saussaies, etc. Todas as polícias do mundo haviam sido mobilizadas. Telefones e telégrafos não descansavam um momento enviando sinais sobre o suposto assassino. Os jornais de todos os países estavam repletos de pormenores do crime horrível e lamentavam a vítima.

A sombra do assassino se espalhava por todos os lados, mas permanecia nas sombras. O medo invadiu as casas. As mulheres rompiam as tábuas dos pisos para esconder a cabeça, os meninos balançavam as mais altas lâmpadas e choravam sem cessar toda a noite, chamando pelos pais que subiram aos telhados para divisar o horizonte. Só as criadas, estas jovens desnaturalizadas, se deixavam violar pelos pombos correios em suas jaulas douradas.

Era uma bela noite de verão. A lua de Austerlitz brilhava no céu. O jardineiro Schiller entrara naquela tarde no castelo com o pretexto de cortar mobílias e varrer as passarelas e as árvores. Para não ser reconhecido e ter um ar inocente, se vestiu de Papai Noel. A cada passo que dava, se virava para trás receoso e varria suas pisadas com um ouriço dos mares do sul. Às vezes levantava a cabeça e fazia sinais luminosos com um chifre de caça. Logo se ouviu o eco de uma resposta longínqua, quase no mesmo instante se abriu uma janela do quarto andar e um canguru entrou na habitação da marquesa, a qual estava, como o canguru, disfarçada de polícia internacional. Ouviu-se um grito desesperado, sinistro, que saía do subterrâneo. O canguru e a marquesa caíram desmaiados antes de proferirem uma só palavra. O jardineiro exalou uma espécie de gemido em seu chifre de caça, um pombo correio lhe entregou um papel vincado com três linhas escritas a máquina.

Dois olhos escondidos detrás de uma toca de ratos seguiam ávidos todos os movimentos do jardineiro. A lua de Austerlitz pairava no céu, um lacaio imitando Lloyd George e Woodrow Wilson, atravessava um caminho do jardim levando um ramo de orquídeas e proferindo grandes palavras. Os olhos escondidos que seguiam esta cena sem perder um detalhe, se fecharam de repente e surgiram olhando pelo olho da fechadura da caixa de caudais do Leviatã que subia pelo grande canal de Veneza, cercados por canções de mandolina. Os olhos misteriosos voltaram a se fechar e apareceram outra vez na toca dos ratos do Castelo da Meia-noite. A marquesa não havia ainda regressado de sua viagem e o canguru seguia dormindo sobre a formosa cama Luís XV. Luís Quinze tomava café da manhã no recinto ao lado, cercado pelo jardineiro e seus doze irmãos, todos disfarçados de santos de neve. Um a um foram se levantando e golpeando com martelo um grande sino de prata. Assim soaram as doze badaladas. O último, vendo que não havia mais badaladas no sino, abriu a janela e se lançou no vazio.

Após seguir estas cenas, os olhos misteriosos se cerraram na toca de ratos e se abriram no fundo de um obscuro corredor do Vaticano.

O cardeal Pitelli gritava em voz alta:

— Para trás, infames. Não tendes vergonha, cinco contra um. Venham, cavaleiros. Eis a guarda suíça. Dez punhais traidores sobre o Papa. Correi, correi.

Uma hora mais tarde, os jornais da Itália anunciavam em grande manchete a triste notícia: "Dois metecos, um francês e um turco, acompanhados de vários lacaios, assassinaram o Santo Padre".

Os olhos misteriosos, depois de presenciarem a tremenda tragédia e de ler sua confirmação nos jornais, se fecharam mais rápidos do que nunca e voltaram a se abrir atrás de um relógio em forma de triângulo de Salomão, no salão secreto do Grande Oriente Internacional. Sete anciãos, metidos em longas túnicas de fantasma, discutiam em voz baixa sobre um mapa do mundo.

— Senhores, devemos descer do Himalaia à meia-noite e apresentar-nos de surpresa, quando ninguém esperar...

— Aprovado.

— Aprovado.

— Ou seja, chegaremos de surpresa.

— Desceremos do Himalaia em silenciosas bicicletas perfumadas, à meia-noite.

Após ouvir estas palavras, os olhos misteriosos se fecharam e um minuto depois se abriam no buraco dos ratos, no jardim do Castelo.

Uma árvore imensa havia crescido no meio do jardim. Ouvia-se um barulho estranho no interior da árvore. Evidentemente não era um ruído musical de seiva, pois às vezes se ouviam gemidos e os galhos estremeciam em longos soluços.

O jardineiro Schiller olhava inquieto para todos os lados. Logo se aproximou da árvore e murmurou:

— Querido Goethe, o que interessa ao Papa mimo! Eis a corda com a qual o prenderam. Um pedaço desta corda traz boa sorte. Posso te oferecer, como última pechincha, por dezoito francos.

Em simultâneo, o rosto da marquesa apareceu na varanda e se virou para o interior gritando:

— Um aerólito, um aerólito. Absalão, Absalão, um aerólito.

— Eu vi — respondeu uma voz séria —; os franco-maçons, eu te disse, os franco-maçons.

Ouvindo estes gritos, os olhos misteriosos viram se abrir o piano de cauda e cair uma âncora, que se cravou no fundo da alfombra. Uma sereia sibilou no piano, logo em seguida se ouviu o golpear das portas e o ruído de passos subindo as escadas e percorrendo os corredores. Os olhos misteriosos observaram a porta se abrir e uma centena de cangurus vestidos com o uniforme azul horizonte dos soldados franceses apareceram no piano. Era essa armada gloriosa que havia combatido sob as ordens do rei Dagoberto em Poitiers sur Seine? A gloriosa armada desceu as escadas do piano que conduziam aos dois pés mecânicos, que formavam as bases do Castelo da Meia-noite. Quando os cangurus chegaram pelo interior aos dedos dos pés que eram longos como a Broadway e repletos de bares e cabarés luminosos, as pernas começaram a andar.

Os cabelos dos olhos misteriosos ficaram em pé perante tal espetáculo e os olhos se cerraram para se abrir quase instantaneamente no buraco de ratos do jardim. Vislumbraram o mar e as palmeiras e ouviam os gritos dos *croupiers* de Monte Carlo: *Faites vos jeux, faites vos jeux.*

O ouro inglês corria sobre as mesas e comprava todas as ciências.

Na margem do mar se via desembarcar cem maletas, nas quais se encontravam os cadáveres, ainda palpitantes, dos cem cangurus recentemente assassinados por ordem dos jesuítas.

A marquesa com um cinismo de princesa prussiana, sentou-se ao piano e cantou o foxtrote funerário de Schubert.

O kaiser de Monte Carlo surgiu vestido de sacerdote egípcio, pegou as cem maletas e as colocou noutros aviões, que depois de darem a volta três vezes em torno do farol, voaram para Moscou.

Os olhos misteriosos se fecharam diante deste quadro doloroso, para se abrir num caixote do escritório do chefe do GPU.

Stalin saía do Kremlin. Entre as barras da claraboia subterrânea arremessou um queijo, envolto em um número do Intram do último Romanoff que, atraído pelo forte odor do jornal, seguiu até o pacote, abriu o queijo e se sentou para ler avidamente um artigo admirável sobre pintura francesa.

Os olhos misteriosos se fecharam num suspiro desolado e se abriram detrás da terceira máscara negra do Museu Trocadéro de Paris.

Ante um magnífico monólito da ilha de Páscoa, o general dos jesuítas explicava ao marechal Citroën a horrível luta dos missionários contra os indígenas nas ilhas do Pacífico, e como os jesuítas haviam devorado os últimos antropófagos.

Viam-se passar pelas grandes salas, em traje de grande gala, um após outro, diversos personagens e personalidades do novo mundo literário e artístico. Todos os célebres Antônios desfilaram diante dos olhos misteriosos: Senhores Antônio Duchamp, Antônio Schöenberg, Antônio Matisse, Antônio Picasso, Antônio Picabia, Antônio Braque, Antônio Stravinsky, Antônio Brâncuși, Antônio Mondrian, Antônio Éluard, Antônio Lipchitz, Antônio Torres García, Antônio Miró, Antônio Masson, Antônio Aragon, Antônio Varèse, Antônio Ernest, Antônio Vitrac, Antônio Léger, Antônio Tzara, Antônio Gleizes, Antônio Breton, Antônio Klee, Antônio Crevel, Antônio Hélion, Antônio Gropius, Antônio Laurens, Antônio Jolas, Antônio Giacometti, Antônio Calder, Antônio Corbusier, Antônio Dreier, Antônio Šíma, Antônio Daumal, Antônio Doesbourg, Antônio Tauber, Antônio Marcoussis, Antônio Kandinsky, Antônio Chagall, Antônio Zervos e os Antônios dos Antônios: Antônio Huidobro e Antônio Harp, que se distinguiam pelo desenho esguio dos seus olhos, a elegância do seus dentes, a lucidez dos seus cabelos.

Logo o marechal Citroën e o general dos jesuítas deixaram cair suas roupas e viu-se então que o marechal Citroën era o general dos jesuítas e que o general dos jesuítas era o marechal Citroën. Observando com mais atenção, pode-se afirmar que ambos não eram senão o único e famoso jardineiro do Castelo da Meia-noite.

Então, entre o silêncio e a consternação geral, o jardineiro gritou:

— Força, Antônios!

Dispôs todos em duas filas regulares e partiram ao som de uma marcha militar.

Somos os Antônios e as Antonetes.

Somos os sobrinhos de Mistinguette.

Em presença desta triste cena, os olhos misteriosos se separaram indignados. O da direita partiu para o Brasil para se tornar plantador de café, o da esquerda pegou um táxi e se mandou para a praça da República.

Vendo desaparecer na distância os olhos misteriosos, seguindo seu destino, no ponto mais alto da torre Eiffel, três vozes discutiam aos gritos:

— É o Papa Negro.

— Não, são os franco-maçons.

— Provarei que são os bolcheviques.

Tendo desaparecido os olhos misteriosos que seguiam os crimes, os crimes também desapareceram e todas as mães de família puderam dormir tranquilas.

Cegonha aprisionada

(Novela patriótica e alsaciana)

A Alsácia, como o nome indica, é um país fadado aos mais altos destinos. É o país mais limpo do mundo, troca suas camisas sujas a cada trinta anos. Digere suas bandeiras com o seu esquisito *pâté de foie* de piano, célebre em toda a terra. Seu delicioso queijo cheirando a violino Stradivarius, seu *Münster* de lua crescente serve como bruxa para encontrar nas capas geológicas do mundo a raça *poloise*, tão conhecida pelo *esprit polois.*

Das próprias camadas geológicas eles importam em tonéis sua língua *poloise*, os nós dos laços de cabeça das camponesas alsacianas, só usados por madame Chenille em ocasiões especiais das grandes guerras.

Embora os cegonhenses comessem durante algum tempo o imponderável *pâté* de crianças belga, não perderam, porém, a pureza de sua língua *poloise*, a qual, desde os tempos de César, como todos sabeis, em vez de *sim* se diz *ja*, e em vez de *não* se diz *nein*.

— *Ja*, *ja*, *nein*, gritava a voz sonora de Hans Gunter, que passeava com seu fuzil caçando javalis sobre as cornijas e entre as gárgulas da catedral de Estrasburgo.

O pobre Hans errou o último disparo, em vez de matar um javali de duas toneladas e meia, matou um magnífico quadro bíblico do grande pintor Henner. O quadro que se afastava pairando sobre o rio Yll, recebeu o tiro em cheio no coração, mas como estava escrito Herman Chatriam, viu-se que era um hino musical. Com ajuda de um imã, Hans Gunter o tirou da água e, fazendo respiração artificial, massagens repetidas e injeções de coramina, conseguiu devolvê-lo à vida. Sua primeira palavra ao reabrir os olhos foi uma pergunta angustiada:

— Como está minha mãe pátria?

Mas como Hans Gunter só compreendia o *polois*, respondeu:

— *Ja*, *ja*, Berlim é uma grande cidade.

— Não — respondeu o poliglota ferido —, eu pergunto por Babilônia. Quisera saber se os tigres de Bengala ou os fogos fátuos devoraram a Cidade Luz[1].

Apenas pronunciadas estas palavras, a Cidade Luz, montada sobre um arco de triunfo, chegou a todo galope o alazão.

— *Bonjours, Monsieur et Dame.* Estavam falando sobre mim. *Monsieurs et Dame*? Não é verdade, *Monsieur et Dame*?

Hans Gunter, para se fazer entender melhor, respondeu em latim:

— Aqui não há *Monsieur et Dame*; só há bosques e catedrais domésticas.

A selva, com as mãos acorrentadas pelo agressor, pedia ajuda. Então a catedral, Hans Gunter, a Cidade Luz e o poliglota ferido puseram seus formosos monóculos no olho direito e viram a terrível batalha que grassava não longe dali, como o costume.

A batalha de Hastings ardia e troava. O senhor Hastings em pessoa dirigia o combate. Três camadas de cadáveres cobriam o chão. Cada camada estava separada da outra

[1] A Cidade Luz era célebre por suas luzes, seus banheiros ultramodernos, um buraco no chão sobre o qual se defeca em equilíbrio ou planando, como convém neste século do desporto e da aviação, pela avareza dos estrangeiros e a generosidade de seus filhos, pela estupidez dos estrangeiros e a inteligência de seus filhos e netos, por seus elevadores, sempre em *Arrêt Momentané*, esses elevadores nos quais só cabia a dona da casa e a metade do seu marido, tão diferentes dos outros elevadores de novos ricos, onde cabem duas ou três famílias, etc.

por um pedaço de *jamón*. Grandes ondas de heroísmo montavam sobre as nuvens ameaçando tragar todos os teatros e os barcos que fugiam sob as ordens do capitão Aníbal e do tenente Nelson.

Para um coração nobre de soldado, era algo admirável ver como o velho general Moltke afugentava os *mâmaros*[2]. Fugiam gritando como bailarinas diplomadas. Entretanto, o pequeno capataz que acabara de desembarcar na ilha dos Cisnes com três regimentos de soldados, ainda não desconhecidos, atacou violentamente a falange de elefantes brancos de Caio Graco.

Moltke começou a se retirar protegido pela frota de Coligny. O assalto à baioneta de nossos valentes trezentos mil alpinos, apoiados por nossos incomparáveis 68 e a cavalaria de nossos invencíveis meridionais, havia começado às seis da manhã. Às sete, chegavam nossos heroicos diabos amarelos, seguidos de perto por nossos indomáveis tiroleses. A Legião Estrangeira, composta por milhares de metecos imundos, havia perdido todos os estrangeiros. Em seu lugar, Hernán Cortés havia colocado nossa intrépida Legião de Honra.

O canhão troava, um dilúvio de balas caiu por quarenta dias e quarenta noites, um muro de obuses avançava lenta-

[2] Trata-se de um vocábulo que não aparece no Dicionário da Real Academia. Porém, é uma espécie de regionalismo de uma localidade — Quismondo —, que fica próximo de Toledo, Espanha. O significado é: dar em quantidade, sem controle, em excesso.

mente sobre o centro do mundo. Este muro estava decorado com frescos e baixos-relevos da grande época egípcia e alguns quadros de batalhas históricas para despertar o entusiasmo de nossos valentes soldados. Através de elevadores velozes se subia até o ponto culminante da parábola feita por nossas balas, dali se podia contemplar o efeito desastroso que fazia nosso fogo alimentado nas filas inimigas. Pequenos panteões flutuavam no ar e viam-se coroas naturais e ramos de flores sobre as tumbas de mármore.

O poliglota ferido bocejou e contou a Hans Gunter que ultimamente havia visto em nossa ilustre Babilônia uma representação teatral na Grande Ópera em benefício dos primeiros mutilados da guerra, na qual se demonstrava com clareza que as províncias cativas sempre nos amaram com afeto sincero do seu firme servidor. Ao se levantar a cortina, vimos cegonhas aprisionadas que depois de ouvirem um formoso e maternal poema recitado pela Madame Troisième Weber, vestida de Caterine (traje que representa nossa amada pátria), choravam de forma amarga. Suas lágrimas aumentavam ou fechavam um ponto ao ouvir o verso que dizia:

Filhas, eis aqui meu peito
Aguardo-vos de braços abertos.

A senhora Troisième Weber abria seus braços maiores que a Austrália e as duas cegonhas aprisionadas que, como o leitor compreenderá, representavam as províncias cativas que todo país possui no estrangeiro, explodiram em gritos desolados, dirigindo-se a Madeleine (que simboliza nossa amada pátria).

— Mãe, liberta-nos, mãe, logo voltaremos ao teu seio.

Depois desta delicada história do poliglota ferido, a Cidade Luz ressaltou que era bastante difícil fazer os *polois* cativos compreenderem todas as amarguras que ela sofrera.

Às vezes, se ouvia ainda as vozes das cativas.

— Mãe, quebra nossas correntes. Mãe, liberta-nos do jugo estrangeiro.

— Mamãe, queremos voltar a teu tíbio e perfumado seio.

A Cidade Luz retirou seu monóculo e disse aos amigos:

— Os cegonhenses nos fizeram sofrer muito. Cada vez que tentávamos lhes explicar nosso martírio, respondiam cantando a velha canção dos turistas:

> A cegonha *e mobile*
> Tal *piuma al vento.*

A catedral, Hans Gunter e os javalis choravam sem consolo ao ouvir a história de semelhante dor.

Voltaram a ouvir os gritos das cativas:

— Mamãe, mamãe, fiz xixi nas calças.

Os relógios da Selva Negra e os queijos *mâmaros* respondiam: cucu, cucu.

O poliglota ferido interveio perante os grandes escritores Vicente Arp e Hans Huidobro, para lhes suplicar que não esquecessem o tom superior e nobre que deve ter uma história histórica.

Todos os leitores de jornais *polois* sabem reconhecer esse tom, por seu cheiro de armário e sabor a limonada de salsichas gasosas.

Em vista disso, os estimados artistas e queridos colegas Huidobro Arp e Hans Vicente arrancaram as pedras de neve de seus olhos e as substituíram com estandartes de lírios e lótus que imediatamente fincaram raízes nessa boa terra vegetal e cresceram como quatro antenas recebendo as ondas de valsas guerreiras das últimas batalhas.

Nossos heroicos soldados foram vencidos pelos fugitivos *mâmaros*. Não é necessário dizer que nós éramos superiores desse ponto de vista. Nossa inteligência franca, clara, diante da hipocrisia habitual dos pesados *mâmaros* que se vangloriavam de conseguirem nos vencer em três dias com seus miseráveis oitenta canhões, ponto de vista absolutamente falso e ridículo, pois fomos vencidos em duas horas por trinta canhões, o que prova sua ignorância estratégica. Os desgraçados vencedores nem sequer souberam se aproveitar da sua vitória. Conseguiram apenas destruir algumas praças fortes e tomar Londres, Paris, Berlim, Madri, Roma, Viena e Praga. Nós mantivemos sempre Concarneau, Albacete, Sorrento, Hull, Frankfurt, Delft e Monte Carlo.

Com que razão nossos jornais falavam do mistério inexplicável da derrota. Nossa superioridade de raça é indiscutível. A elegância e a beleza de nossas mulheres não têm rival em parte alguma. O talento agudo de nossos homens, seu *esprit*, como pode se comparar com a inteligência nebulosa e gordurenta dos *mâmaros*, a raça impura e sem tradições seculares? Por que razão fomos vencidos? Que mistério insondável! Por que fomos vencidos? Foi por causa da crise financeira e artística? Foi por causa da falta de exercício metódico em nossas tropas? Ou por que nossos soldados não tomaram seu aperitivo naquele dia? Impossível explicar a derrota. Ela ficará como uma incógnita na história.

A catedral, Hans Gunter, a Cidade Luz, o poliglota ferido e a Selva Negra desceram da plataforma da Catedral. Após dar voltas e mais voltas, se transformaram em carrosséis, dos seus estômagos saía uma música alegre e infernal, pequenos trenós cresciam nos calos dos pés e centenas de piões giravam em torno deles. Produziam-se enormes turbilhões nos quais os generais Aníbal, Nelson, Moltke, Pompeu, Hernán Cortés, Napoleão, foram devorados e saíram transformados em botoeiras com rosas.

Com a Alsácia tendo invadido a Lorena, e os lorenos completamente derrotados, a guerra acabou.

Uma vez terminado o pesadelo sangrento e todo mundo em paz, não havia mais que se preparar para nova guerra.

A distribuição de medalhas, condecorações e caramelos comemorativos durou seis meses.

A construção de monumentos de vitória em forma de águia, cidreira, galos, mucos, paralelepípedos, coceiras, relâmpagos, etc, ocupou outros seis meses. Determinaram a data dos aniversários gloriosos, no ano seguinte todo dia foi de festa, todo o ano foi atravessado por cavalgadas floridas, procissões que circulavam em torno de cada monumento. De todos os rincões do mundo vinham diversos grupos para colocar uma homenagem à frente desses símbolos de glória, coelhos embalsamados, coroas de cigarros turcos, canários domesticados, bifes melodiosos, dentaduras de virgens, fogões de petróleo patinados pelos séculos.

As azeitonas da paz floresciam nos chapéus de todos os homens e nas meias de todas as mulheres. O mundo inteiro estava contente e abençoava o nome dos grandes chefes que lhes haviam conduzido à guerra. O interferômetro de ouro não caíra sobre o calcanhar das pantufas ou dos chinelos. Milhões de trabalhadores sem trabalho cantavam felizes ao som de suas guitarras bem comidas, à luz da lua. Os jornais de diferentes países falavam de encantos da próxima guerra, insultavam o futuro inimigo que era proclamado assassino, bandido, vampiro, lambedor de cemitérios, violador de selvas virgens e de fetos, bárbaro cavernícola, Átila, necrófilo, mutilador de *gulf streams*, ladrão de vulcões e de pêndulos, covarde semeador de pulgas intoxicadas e tantas outras coisas difíceis de explicar.

Entretanto, nas cidades e nos campos as pessoas comiam velas deliciosas, fechaduras em salsa Pompadour, saladas de gazuas, colchões com maionese, gravatas com creme e guinchos de porta a la Duncan. Bebiam glicerina gelada, o suor de suas testas e leite de cadela da Terra Nova com tinta Parker.

Nesses anos maravilhosos as finanças iam ótimas, como sempre depois das guerras; sobretudo graças ao magnífico plano Dupont, logo aperfeiçoado pelo eficaz plano Schulzl, que por sua vez foi superado pelo plano Eggg, que foi ainda melhorado, embora pareça impossível, pelo plano do presidente Cheese e da coronela Checkmate. Tais planos procuravam resolver todos os problemas econômicos e

familiares, principalmente a compra de matérias tias e matérias últimas, tão necessárias à fabricação de derivados, substituir o pão por ampulhetas elétricas, os frangos por cacos de espelho, as lagostas por óculos de padre.

Naquela época foi criada a grande Sociedade de Visões. Era um centro internacional de união e concórdia, um tribunal super-humano cuja sede foi estabelecida na ponta de Tupungato. Ali foram pronunciados formosos discursos inseticidas, enquanto os membros da organização ouviam atentos, se balançando religiosamente em seus balanços sob as árvores. Chamou muito a atenção o discurso do grande orador Pérez, sobre a arte delicada do *voyeur*, a maneira de abrir um buraco na parede de um hotel, melhor ainda numa honesta casa de tolerância e ver tudo o que se passa no quarto ao lado. Não menos esplêndido foi o discurso do delegado Cook sobre os efeitos insuperáveis da cocaína e da morfina, muito recomendada para os octogenários e principalmente na lactância dos nonagenários. Logo a Sociedade das Visões dedicou toda sua energia a compor doces *berceuses* e canções para primeiras comunhões.

Num dia de calor, a Sociedade se diluiu completamente. Só ficaram em alguns locais pequenos pedaços de gelo que foram empregados na fabricação de coquetéis refinados.

Pouco depois aconteceu um fato de suma importância: a morte do herói da Imensa Guerra, o marechal Duval. Seu enterro foi algo sublime. Raras vezes se viu semelhante espetáculo. Milhões de pessoas assistiram os seus funerais. Todas as tropas desfilaram com suas bandeiras, troféus e avós. O féretro do marechal seguia na ponta de um canhão. A cada tiro, o féretro saltava ao céu e voltava a cair no lugar com precisão maravilhosa, como as bolinhas de carapaça de tartaruga nos jatos de água. Detrás do ataúde do grande chefe, marchava tristemente seu cavalo nu, o cavalo que o herói montara nas grandes batalhas; atrás seguia seu cão favorito, uivando à morte, em seguida vinha o gato de luto, o papagaio com os olhos cheios de lágrimas, marchando com o mesmo passo solene de seu tão amado canário. Depois seguiam seus sapatos, os três últimos pares de sapatos que o marechal usou em seus intrépidos pés; atrás, seu bastão marchava à altura da mão, seu chapéu na altura da cabeça, o último cigarro fumado até a metade, um dia antes da sua morte, marchava aflito na altura da boca. Em seguida, sob um imenso manto levado por quatro reis, vinha num esplêndido bocal de pedras preciosas a próstata do ilustre chefe. Seguiam atrás, na ordem em que nomearemos: o cardeal num velocípede e dez bispos de bicicleta, a câmara e o senado de patins, o presidente e seus ministros, depois os acadêmicos com suas colheres embainhadas debaixo da casaca verde limão.

Em honra do marechal e para perpetuar sua memória entre os homens, todas as avenidas, praças e ruas foram batizadas com seu nome. Entre o entusiasmo geral, todos os rios, as montanhas, as árvores, as flores, os animais e os insetos, foram batizados de Duval. Todas as famílias se chamaram Duval. Deus foi honrado pelos crentes com o nome de Duval. Os melhores pratos nos restaurantes, os melhores vinhos, passaram a se chamar Duval. Logo tudo se chamou Duval. Assim, a língua se tornou extremamente bela e simples. Quando dois amigos se encontravam numa rua ou num bar, falavam o mais puro Duval. Um dizia ao outro:

— Duval, duval, duvalval, duvalval.

O que antes se dizia: É incrível o número de porcos estrangeiros que há no mundo.

O marido, ao voltar para a casa, relatava à sua mulher os acontecimentos do dia:

— Duval, duvalduvalduval, duval, duvalduval, duval, duval.

O que queria dizer em linguagem vulgar: esta tarde perdi uma luva de ferro nas Galerie Lafayette.

Sua mulher respondia:

— Duvalduval duval, davuldu val, duduval? Duval, duvalduvalduvalduval, duval, duval.

Que pode ser traduzido em língua inculta, dessa maneira:

— Não seria noutra parte? Preciso dizer que a cozinheira queimou o assado. Isso acontece por chegar tarde.

E o marido respondia, colérico:

— Duval.

Querendo dizer num idioma antigo: merda.

dois exemplares de novela

Vicente Huidobro

Carta a Hans Arp

por Vicente Huidobro

Palma de Maiorca, agosto de 1932.

Senhor Hans Arp.

Querido Hans:

Aproveitando minha estadia em Barcelona, a caminho de Maiorca, onde fui passar férias, levei a um editor nossas Três imensas novelas. *O editor achou que eram curtas para fazer um livro, me vi obrigado a escrever mais duas. Intitulei-as "Dois exemplares de novelas", que as dedico a ti, recordando aquelas férias que passamos em Arcachon, e as noites que, à hora da sobremesa, nos entretínhamos a escrever as três novelas tão exemplares que encabeçam este livro. Ainda tenho nos ouvidos tuas risadas, parece que vejo os relâmpagos fugazes que iluminavam nossos olhos em certos momentos.*

Sempre acreditei ser impossível escrever um livro em colaboração com alguém, poder afinar meus instrumentos com os de outra pessoa. Contigo a coisa andou tão bem, que não consigo explicar senão pela confraternização espiritual que é seguramente a razão pela qual nossa amizade foi sempre sólida e sem máculas.

Muitos hão de dizer, ao ler estas páginas, que nós sabemos rir. Ignoram o que o riso significa, ignoram a potência de evasão que há nele. Além do mais, creem que um poeta não pode apresentar vários aspectos; têm a alma monocórdica e julgam os outros como se fossem eles.

Tais páginas não correspondem, claro está, a toda nossa obra nem o nosso ser integral. São apenas uma face do nosso espírito e nos julgariam mal quem quisesse nos ver só através delas. Há nelas algo mais do que risos e embustes.

Em minha peça de teatro, Gilles de Raiz, *há uma cena na qual Gilles diz: "Se não risse agora, meu cérebro explodiria". Para quantos homens o riso é uma válvula de escape salvadora, tal como é chorar. Quantas vezes explodiríamos se não pudéssemos rir. A alma popular que possui tantas intuições, indicou num dos seus ditos mais correntes: "Explodiu em gargalhadas. Explodiu em lágrimas". Estas frases encerram em si um conceito mais profundo do que acreditam possuir e que as pessoas lhes atribuem; tão profundo que passa despercebido. Isto significa que, às vezes, explodimos em risos ou em prantos para não* rebentar. *Estou certo de que um dia a ciência poderá provar minha afirmação.*

Acreditas que vale a pena se explicar e explicar nossas obras perante possíveis incompreensões? Sabemos que ninguém pode limitar nosso campo e que a apreciação distante só significa uma pedra ou uma flor no meio de um continente ou planeta. A poesia não é obrigada a ser o que certos senhores querem que seja ou acreditam que é, nem o que eles veem nela.

Um abraço de teu velho amigo, que te quer e lembra de ti sempre.

O gato com botas e Simbad o marinheiro

Ou Badsim o Marrano (Novela Póstuma)

Disposto na parede, sempre diante dos meus olhos, tenho o mapa de Oratônia.

O país em que nasci é sem dúvida um dos países mais interessantes que jamais existiu no mundo. É o que se chama uma grande nação.

Selvas de peso, montanhas de céu no peito, rios com barba completa. Minha pátria é a única digna de ser amada entre todas as pátrias. Quando vejo um homem nascido noutra pátria, penso com meus botões: "Como sofrerá por não ter nascido em minha pátria! Que horrível desgraça!". Não posso deixar de me compadecer com ele em minha alma. Meus compatriotas, quer dizer, os outros habitantes que têm a felicidade de haver nascido no mesmo país que eu, são também os homens mais interessantes do mundo. Grandes, fortes, de cabelo verde e sem monóculo. Nascem com colete e aos onze anos lhes crescem luvas naturais que desde então precisam ser cortadas um pouco a cada dez dias.

Os habitantes do meu país são todos oradores. Há oradores cuja palavra perfuma as flores e amadurece as frutas. Há oradores cuja palavra acende os cigarros; há oradores que alcoolizam e embebedam os que vão pedir uma frase de conhaque, uma frase de uísque ou uma frase de pisco e depois de ouvi-los todos os ouvintes saem cambaleantes e fazendo S; há oradores cuja palavra detém os rios, outros cuja palavra desabotoa os casacos ou lustra os sapatos, etc. Mas entre todos os oradores se destaca o orador elétrico, o que eletriza, que eletrifica e eletrocuta. Sua palavra acende as lâmpadas nas casas e os arcos voltaicos nas ruas, faz correr todos os bondes da cidade. Este não para nunca de falar. Se isso acontecesse, todos ficariam às escuras, os bondes parariam; seria algo como uma greve geral. Tal ato seria uma sabotagem.

O orador elétrico se cuida com um esmero nunca visto. Analisa a todo instante para que não haja erro algum nem a menor falha. Quatro trabalhadores que se revezam a cada três horas, estão encarregados de aceitar as mandíbulas. Se alimentam pela bunda com laxantes de sopa de almôndegas, com ouriços e ovos fritos, perdizes de escabeche e muitas esquisitices que sua bunda de gourmet saboreia e sabe estimar o que valem.

Para o caso de uma pane imprevista, há mil discos em sua voz; mas percebeu-se, após repetidos experimentos, que com os discos os bondes andam muito mais devagar e as lâmpadas elétricas perdem uns 53 por cento de sua energia.

Há alguns anos que vivo longe do meu país, mas a nostalgia me faz recordar suas paisagens e sua conformação, como se as tivesse sempre ante os olhos. Para me consolar da ausência, leio e releio sua história. Recordo seu passado, estudo seu presente e trato de adivinhar seu porvir.

Em Oratônia há três grandes partidos políticos. O partido daqueles que tremem a mão direita ao levar um copo aos lábios e que se chama o partido dos *sãovitistas*; o partido daqueles que tremem a mão esquerda e que se chama o partido dos *espiroquerdistas*; o partido dos que tremem as duas pernas e que têm o umbigo em relevo como um escapulário, estes se chamam os *tetraumbipernalistas*.

Como este nome era um pouco longo, hoje são chamados pelo povo de *ponchistas*, porque foram desterrados num complô em que o diabo perdeu o poncho.

Este complô foi terrível e pôs o país à beira do desastre total. Na época de Mari Azeitona, chegou em Oratônia o anarquista Juan Sabotero, que começou a tramar uma conspiração contra o governo. Os conspiradores, todos membros do partido *ponchista*, se reuniam num sótão abandonado, sob um galpão meio em ruínas que primeiro pertenceu aos jesuítas, em seguida foi esconderijo de um bando de falsificadores, depois um moinho, cujo dono se suicidou e onde as almas penaram vários anos, por último pertenceu aos franco-maçons. Os conspiradores *ponchistas* se reuniam lá todas as noites, às doze em ponto. As conspirações se multiplicavam e se repetiam de um modo inaceitável. Os *espiroquerdistas* estavam no poder e a polícia *espiroquerdista* corria de um lado para o outro sem conseguir descobrir a toca dos inimigos do governo.

O presidente declarou de maneira retumbante: em Oratônia ninguém conspira senão eu.

Um dia, a audácia de Juan Sabotero ultrapassou todos os limites e ele foi apanhado no mesmo instante em que lançava uma pedra entre as mandíbulas do orador elétrico. Sabotero foi pego em flagrante delito e levado para o cárcere entre insultos e ameaças da multidão que queria linchá-lo. No cárcere foi submetido a pequenas torturas para falar. Leram alguns livros de autores célebres, lhe deram sanduíche de caviar, fizeram-no ouvir quatro missas cantadas, lhes queimaram os olhos, mutilaram o nariz, abriram o ventre, lhe cortaram a cabeça, os braços, as pernas, depois lhe arrancaram a língua, jogaram-no numa caldeira de chumbo derretido, o amarraram num rabo de potro selvagem, lhe mostraram sessenta e sete quadros dos mais famosos pintores, lhe fizeram ouvir duas conferências, lhe deram *jamón* com creme de morango, etc. Por fim, Juan Sabotero confessou tudo, deu o nome dos cúmplices e o local das reuniões clandestinas. O prêmio da sua traição foi a liberdade imediata, e lhe prometeram um cargo de ministro como gratidão e para que não conspirasse mais. Ao sair da prisão, Juan Sabotero se sacudiu como um cão que sai da água e se afastou pela rua acima.

Esta é a história da famosa conspiração que custou a vida de milhares de cidadãos como o leitor terá percebido.

Entretanto, os *sãovitistas* aproveitando que os *espiroquerdistas* estavam ocupados a sufocar os ponchistas, assaltaram o palácio do governo e tomaram o poder.

Poucos meses depois de tomarem o poder, os *sãovitistas* começaram a articular um complô contra o novo governo dos *espiroquerdistas*, que não podiam se resignar com a derrota. Todas as noites se reuniam no famoso sótão que pertencera aos jesuítas, aos falsificadores, ao moleiro suicida e justiceiro, aos franco-maçons e por três meses a uns contrabandistas de cocaína.

Em vão, a polícia *sãovitista* procurava os conspiradores entre o céu e a terra. Não havia modo de descobrir o esconderijo.

De repente, a revolução estourou. As tropas *sãovitistas* se batiam heroicamente contra os *espiroquerdistas*. O novo presidente da república dirigia nas ruas o ataque contra os revolucionários.

Os *ponchistas*, aproveitando a confusão, tomaram o palácio do governo e se instalaram nele. Após três dias de batalha nas ruas, quando o presidente regressou triunfante ao palácio, encontrou com o vencedor que era o chefe do partido *ponchista*.

O presidente *sãovitista* foi preso e condenado à prisão perpétua, depois encarcerado nas rochas do mais alto pico da montanha. Amarraram às suas pernas um jaguar que devia lhe devorar eternamente as entranhas e digeri-las ali, em cima do seu nariz. Dessa maneira, acossado pela fome, comeria essa digestão, que por sua vez o jaguar teria que voltar a comer e assim eternamente até o fim dos séculos, como exemplo para a eternidade e um símbolo da vida universal e seu interminável anel semelhante à serpente que morde a própria cauda.

Os *ponchistas*, após estarem no poder e temendo novas conspirações, decidiram transformar o célebre sótão dos descontentes num hospital para parturientes amantes de ópera italiana. Desde então, as grávidas amantes de ópera italiana vão dar à luz no novo hospital. Ao chegar à porta do hospital não pedem nenhum documento. Elas cantam uma ária de Aída, Tosca, da Traviata ou de outra ópera preferida e passam pelo portão arrogantes e proeminentes, como convém às suas condições raciais.

Naqueles anos ocorreu em Oratônia um terrível terremoto que derrubou muitas casas e rachou as terras. Logo se comprovou que os comunistas eram os culpados da catástrofe. Alguns dirigentes foram presos, em cujas casas a polícia descobriu aparatos comprometedores: aldravas, óculos, empanadas, um termômetro, um bidê, três latas de sardinhas, um divã, uma alcachofra. Em frente destes misteriosos objetos desfilaram todos os especialistas do país, e puderam comprovar, depois de um estudo minucioso, que eles foram usados utilizando-se a lei dos imãs, da variação do eixo da terra e o grau das marés para produzir a catástrofe. Os comunistas foram queimados, à luz dos seus corpos ardendo leram-se poemas patrióticos e bailaram a dança nacional.

A calma voltou a reinar sobre a terra. O país era um copo de leite, uma espécie de café da manhã na história do mundo. O céu era azul, o sol se levantava sorrindo todas as manhãs e se dirigia otimista para seus trabalhos diários. As tardes eram serenas. As andorinhas riam às gargalhadas no espaço, brincando como colegiais. Não havia tempestades, pois ninguém semeara ventos. Enormes guarda-chuvas balançavam no céu tranquilo e inútil, já que a terra era um céu.

Passados os dias de epopeia, o país começou a viver dias de idílio, écloga e acrósticos.

Quanto tempo duraria a tranquilidade e a paz? Os tempos ecológicos não são muito longos. Não devemos esquecer que a epopeia zelosa nunca deixa interromper os idílios.

Oratônia, como todo país que se respeita, tem sua religião oficial. Em Oratônia se pratica o culto à mosca. Por todos os lados se erguem magníficos templos à deusa mosca. Seus altares estão sempre ornados de queijos, cornijas de geleia, favos de mel, coroas de cocô fresco e escarros maduros recolhidos todas as manhãs de bocas frutais.

Em todo o país é estritamente proibido cobrir os guisados e as comidas com tafetá. O proprietário de um açougue, de um armazém ou de um restaurante que cobrir suas carnes, a manteiga, os queijos ou o *jamón*, é condenado a quinze anos de prisão, sem nada mais que um simples processo verbal, às vezes, até a guilhotina.

Quando uma mosca pousa num nariz, ou passeia pela cabeça de alguém, todos observam em silêncio sagrado e o eleito se inclina de orgulho e felicidade, abençoando o destino que o assinala como amado da deusa.

Os santuários à mosca produziram uma arquitetura nova e maravilhosa. Alguns destes santuários são famosos pelos milagres e milhares de peregrinos que os visitam em romaria vindos de todos os rincões da terra. Os sacerdotes da mosca vestem grandes mantos de chocolate, o sumo sacerdote transporta uma grande torta de morango na cabeça e as religiosas longos véus de merengue.

Nos anos em que a colheita de queijos é má, a mosca é levada em procissão e imediatamente brotam queijos em grande quantidade semeados nas janelas das casas.

Quando se vê uma mosca morta num prato de comida de uma família, no mesmo instante se acendem duas velas e o chefe de família recolhe cuidadosamente o corpo da deusa e o coloca na boca do mais pequeno dos seus filhos, porque só o inocente é digno de comer este manjar celeste. Se numa casa não há moscas, a casa é destruída e em seu lugar se ergue outra mais apta e melhor disposta à vontade divina. O proprietário em cuja casa há mais moscas, é visto com respeito por todos. Os vizinhos bendizem seu nome, saúdam-no ao passar como um santo e seus rivais ficam pálidos de inveja.

Que alegria para o trabalhador intelectual quando sente em torno da sua cabeça o zumbido de milhões de deusas, bendito murmúrio! Ele sabe que isso significa que seu trabalho agrada o céu e terá recompensa.

Pelo contrário, ai daquele na qual nunca uma mosca pousou! O infeliz é acusado e entregue ao tribunal da Santa Indignação.

Aí é submetido a um longo interrogatório e exames. Coloca-se uma mosca no nariz e conta-se o tempo. Se a deusa voar antes de 15 segundos, o acusado é ateu convicto, bruxo ou realiza práticas satânicas, e é condenado a ser queimado vivo. Suas cinzas são lançadas ao vento.

O culto da mosca se espalha por todas as partes, graças aos milhares de missionários de Oratônia que partem para todos os lados a fim de converter os infiéis e pregar entre os bárbaros a única religião verdadeira. Os missionários queimam os ídolos falsos, constroem templos e seminários

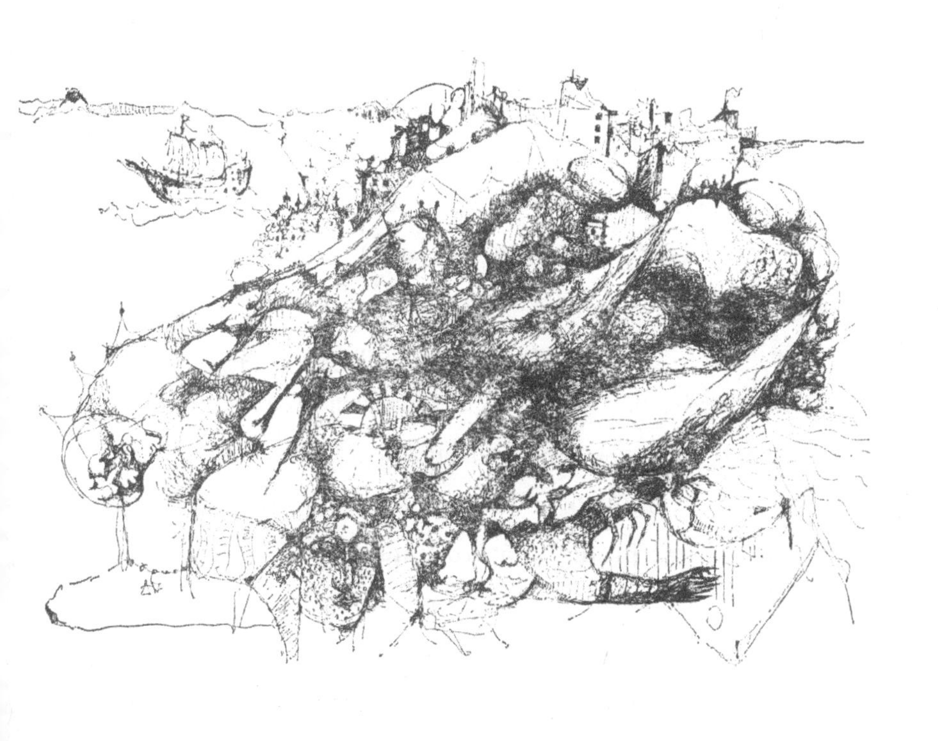

para ensinar a doutrina certa, fazem milagres extraordinários animados pela graça divina. Às vezes, estalam guerras religiosas. A culpa é sempre de algum povo reacionário que não quer abandonar suas velhas crenças. Felizmente a luz celeste sempre acaba por abrir o caminho e triunfar. Em alguns locais mesclaram a mosca essencial com a mosca Tsé-Tsé, produzindo assim uma superdeusa que, nutrida com papoulas, oferece aos homens um sonho livre de símbolos sexuais, inocente e maravilhoso.

O povo eleito conseguiu criar com seu culto uma raça forte e sã. Graças à mosca, em Oratônia não há doenças. A estatura média dos homens é de dois metros e quarenta, e o final médio da vida tem a mesma proporção: 240 anos.

Como nunca há de faltar ovelha negra e os hereges entre os povos, tampouco podiam faltar em Oratônia. Várias seitas ocultas pretenderam difundir o culto de outros deuses. Como não recordar os imbecis que proclamavam o culto do deus rato! Estes fanáticos não podiam dormir sem sentir trotar no teto de suas casas os regimentos de seus falsos deuses. Começaram sua propaganda de uma maneira verdadeiramente iníqua. Vendiam pelas ruas veneno contra os ratos. Logo se descobriu que tal veneno era uma pasta de queijo com compotas, roubada dos templos da mosca e à qual se acrescentava um poderoso afrodisíaco para que seus deuses se multiplicassem até o infinito. Felizmente, tais sectários sacrílegos foram descobertos e queimados vivos. Assim a heresia foi sufocada ao nascer.

Mas não faltaram falsos profetas que brotaram da terra como por encanto e começaram a pregar o culto do piolho. Esta nova religião adquiriu mais força do que a anterior e pôs em perigo a própria existência da nação. Explodiram revoluções, guerras civis e religiosas, surgiram caudilhos em diferentes partes do país. Regimentos inteiros desembainhavam suas espadas em nome deste falso deus.

Dir-se-ia que é impossível a tranquilidade na terra.

Em vista do grave perigo, os três grandes partidos históricos, os *sãovitistas*, os *espiroquerdistas* e os *ponchistas* se uniram. Proclamaram a aliança sagrada ante o inimigo comum. Logo se nomeou um generalíssimo com a função de presidente e ditador, e para ajudar este, como braço direito, se nomeou um coronelíssimo.

A primeira batalha durou quatro dias e dez noites. O triunfo foi posto em dúvida. Então o coronelíssimo mandou matar o generalíssimo e se proclamou generalíssimo e ditador absoluto, com a qualidade de cônsul, vice-cônsul e imperador. A sorte lhe sorriu como sorri aos audazes. Encetou outra batalha contra os rebeldes e os destruiu por completo.

A vitória foi celebrada na capital com hasteamento de bandeira, bailes, festas e um grande banquete. As bananas saíam das fruteiras por seus próprios pés, se descascavam com as próprias mãos e num salto se metiam na boca do grande chefe.

Já dissemos que é impossível a tranquilidade na terra. Alguns que foram vencidos na última revolução, conseguiram escapar à matança geral. Um deles se disfarçou de sacerdote da mosca, com o rosto coberto por um capuz, se esgueirou pelas sombras da noite, saltou por uma janela e cravou seu punhal traidor no coração do orador elétrico.

Toda a cidade ficou às escuras, interditaram os bondes e o pânico se apoderou dos espíritos mais fortes.

O ditador se debatia entre as sombras, topava contra os móveis, batia a cabeça, caía e se levantava. Ordenou que procurassem em todos os lugares outro orador elétrico, entretanto lançara mão dos discos. Mas o assassino misterioso havia quebrado todos os discos.

Era preciso voltar às fichas. Durante certo tempo, pois era óbvio que logo apareceria um novo orador elétrico. Talvez nos funerais do grande orador se revelaria aquele que deveria substituí-lo. Assim, pois, no dia seguinte, toda a cidade estava no cemitério para ouvir os discursos.

O primeiro a falar foi o próprio ditador. Sua figura imponente, a cabeça quadrada, as orelhas de sombrinha, o nariz de bicicleta, revelavam o político de raça. Seus olhos de tinteiro revelavam claramente o homem de pensamento e grande cultura. Sua boca desenhada a lápis revelava o hábito de escrever.

Um silêncio sepulcral reinava em redor, quando o ditador ficou de pé. Não se ouvia nem um suspiro, nem o voo de uma deusa.

Eis aqui o discurso do ditador:

"Povo amado, estamos aqui perante o cadáver de um homem que não morreu. Tais foram os serviços que prestou à sua pátria, que este cadáver está vivo. Quem de vós não têm ainda sua voz ecoando nos ouvidos? Parece-me que o estou ouvindo como ele me ouve neste instante solene. (Ouve-se um sino). Ouviram este sino? É sua voz que me responde da eternidade e me diz que tenho razão, que ele está me escutando satisfeito e para que eu prossiga. E continuo. Parece-me, senhores, que estou sentindo agora o sopro cálido da sua voz, o alento perfumado de suas palavras. (Pressente-se o perfume de flores que sobem às narinas dos ouvintes). Sentem esse perfume de flores que nos chega neste instante? É ele, é o cadáver que agradece minhas palavras e as premia, tornando-as realidade. (O orador que perfuma as flores, se move inquieto entre a multidão, se sente invadido em seu terreno e levanta os olhos irados). Esse perfume me diz para prosseguir e prossigo. Este homem que vamos enterrar agora aqui na terra, para que esteja vivo em nossa memória, era um homem excepcional. Um homem de grande saber, de vasta cultura. Parece-me que o estou ouvindo. Ah, seus magníficos discursos! Quanta ciência pudemos aprender com eles! Nunca falava do século de Epaminondas sem recordar de Péricles, nem falava de Aquiles sem nomear em seguida a justiça; quando falava de Aristides, sabia recordar o ostracismo, sempre que se cortava a cauda de algum cão lembrava Temístocles, e quando alguém era desterrado, ele não esquecia o nome de Alcibíades. Com que colorido sua palavra mágica sabia pintar a batalha de Lepanto, onde Shakespeare perdeu o braço! E a conquista de Jerusalém, onde Milton perdeu os olhos; a retirada dos dez mil, onde Tasso não perdeu nem um só homem e onde Nelson encontrou morte gloriosa com seus heroicos sicilianos. E como este homem que hoje choramos viajou e viu e analisou! Na juventude visitou em Roma as célebres pirâmides, as mesmas pirâmides cujos séculos contou Carlos V ante seus soldados. Em Berlim, visitou a tumba de Napoleão. No Chile, visitou a colina Santa Lúcia. Em Notre-Dame de Madri rezou dois pais-nossos pela alma de Rômulo e Remo. Conhecia de memória o Duomo e a Acrópole de Paris e as catacumbas de Barcelona. Sua descrição da Casa del Greco, no meio do Cairo, se refletindo nas águas do Tâmisa, será imortal. Sim, senhores, tudo o que saía dos lábios deste homem admirável perdurará na memória de seus compatriotas até o fim dos séculos e no dia do nosso nascimento".

Uma imensa salva de palmas acompanhou as palavras do insigne ditador. Aplaudiam os vivos e os mortos, as flores e os sinos. Algumas lágrimas também brilharam em muitos olhos e giraram pelas cascas das árvores.

O ex-presidente, derrotado pela terceira revolução, estremecia de inveja ante o magnífico discurso do seu rival afortunado. Ele acreditava que era o supremo orador da nação, e a sublime peça oratória que acabara de escutar despertava todos seus ressentimentos. Pensava dentro de si: logo derrubarei este usurpador.

A multidão continuava aplaudindo e soluçando. Às vezes, se ouviam gritos coléricos:

— Que nos entreguem o assassino!

— Queremos o assassino. O assassino, o assassino!

O ditador, de pé outra vez, exclamou numa voz de pescoço com gravata borboleta. — Procuraremos o assassino e o entregaremos em vossas mãos justiceiras. O procuraremos por todos os rincões do país, sob as pedras, dentro das árvores, atrás das cadeiras. Juro que antes de 48 meses nós o descobriremos.

Depois desta promessa a multidão se retirou mais calma e otimista. Todos repetiam em voz baixa: ajudaremos a pegá-lo, todos colaboraremos nesta nobre empreitada. O procuraremos sob as pedras, sobre as árvores, atrás das cadeiras, debaixo dos tapetes, das nuvens, sob as pontes da velha Paris, entre as pernas dos poetas e as patas das vacas holandesas.

Passaram-se os 48 meses e o assassino misterioso não aparecia em nenhuma parte.

Passaram-se os anos, os lustros e o assassino continuava escondido nas sombras. Todos se olhavam com receio, todos suspeitavam uns dos outros. Como será sua cara? Como serão seus olhos? Terá um nariz longo ou chato? Será gordo ou magro, alto ou baixo, louro ou moreno?

Passaram-se muitos anos. Nunca descobriram o assassino, mas um dia o mar lançou seu cadáver nas praias.

A missão do gângster ou a lâmpada maravilhosa

(Novela oriental)

A cidade de Peterúnia mudava de nome de acordo com a direção do vento. Às vezes, se chamava Santa Maria dos Lírios; outras vezes se chamava Kagache ou Santarchigo, e noutras Philagoca, etc.

No momento em que começa nossa história, soprava o vento sudeste. Portanto, a cidade se chamava Peterúnia. Para facilitar a compreensão desta história aos nossos amados leitores, guardaremos este nome durante nosso relato, mesmo que os ventos mudem quando houver vontade.

Peterúnia era uma grande metrópole ultramoderna, ultravioleta, ultramarina, ultramontana e ultratumular. Era uma cidade que convidava ao estudo e aos trabalhos do espírito. Centenas de trens, milhares de bondes, milhões de automóveis, trilhões de motocicletas cruzavam suas ruas, praças e avenidas, passavam por cima dos vossos narizes, por baixo de vossas pernas, entravam pelo ouvido e saíam pelo outro — com um pouco de cera, se os ouvidos não houvessem sido limpos naquele mês —, correndo, saltando e devorando as distâncias como um antropófago devora um missionário bem temperado ou natural.

A cidade de Peterúnia, e todo o país do qual ela era a grande metrópole, constituía um centro intelectual e comercial de primeira ordem no mundo, uma das mais altas e avançadas do progresso neste século de progresso.

No instante preciso em que começa nossa história, a cidade florescia como nunca. Todo gênero de flores e plantas nasciam e cresciam em seu seio fecundo: as rosas da poesia, as margaridas da astronomia, os cravos da filosofia, os crisântemos do comércio, as açucenas da bolsa e da banca, os miosótis das companhias de seguros, os pensamentos das companhias anônimas, as orquídeas da química, os miosótis da música se desfolhavam em todas as esquinas e as violetas da pintura se ocultavam humildes entre a relva, etc, sem esquecer decerto um grande número de plantas elétricas e plantas de ataúdes ou outras comestíveis. O progresso é algo que nunca elogiaremos suficientemente.

Assim, pois, no instante preciso em que começa esta história tão triste como verdadeira, os honrados comerciantes Cook e Pérez, estavam em sua loja, atrás de um balcão, verificando em dois grandes livros os lucros da semana. Caía a tarde. A grande loja Cook e Pérez, que não evitara a queda da tarde, fechara suas portas. Em seguida se ouviu um ruído estranho no hall central da loja, e os senhores Cook e Pérez, ao levantarem as cabeças dos seus livros, viram consternados que um homem com duas pernas, dois braços, dois olhos, duas orelhas, com um nariz e uma boca e um peito e uma barriga, vinha deslizando à velocidade da luz pela corrente que sustentava o lustre no meio do hall. Ambos ficaram petrificados de terror. O homem, melhor dizendo, o bandido, pois semelhante homem, tal como o descrevemos, não podia ser senão um bandido, ao chegar ao fim de sua feliz viagem ficou montado no cavalo, no lustre ou lâmpada central, a uma altura de uns três metros sobre a cabeça dos petrificados. Ali, de maneira automática, quer dizer absolutamente natural, duas pistolas apareceram na ponta de suas mãos e ao mesmo tempo uma voz acariciante murmurava:

— Mãos para cima! Ai daquele que mexer um cabelo, pestanejar ou espirrar sequer! Eu sou Aladim e esta é a lâmpada maravilhosa.

O senhor Cook e o senhor Pérez levantaram as mãos tão alto que algumas cotovias vieram descansar nelas dos seus longos voos, até pensaram em se aninhar entre seus dedos.

O homem do lustre desceu num salto, apontando sempre suas pistolas à cabeça dos comerciantes honrados.

— Meus amigos — exclamou —, eu sou Aladim, ou seja, o gângster John Chicago, e venho por causa do vosso dinheiro, pois não é conveniente que os homens acumulem demasiado dinheiro em seu poder; isto os deixam pesados, gordos e melancólicos.

Sem dizer outra coisa, John Chicago saudou os senhores Cook e Pérez, se dirigindo à caixa de dinheiro. Ao esvaziá-la, disse adeus a seus novos amigos e se afastou pelo caminho que percorrera.

— Dentro de dois minutos, podem colocar seus braços na posição normal, a menos que tenham gostado mais desta.

Nos parece inútil dizer que no dia seguinte todos os jornais de Peterúnia falavam da proeza de John Chicago, comentando o aparecimento de uma nova espécie animal: o gângster. O gângster era o mamífero mais interessante que conhecera. O gângster era um sonho dourado de todos os jovens estudantes, das belas datilógrafas e das mães de família.

Cinco dias depois, o milionário e distinto banqueiro Terry Fox, cochilava em seu escritório, fazendo a digestão de algumas perdizes em *crêpe de chine* e algumas lagostas, quando uma sombra irreal com duas pistolas reais em cada mão, surgiu em pé diante dele.

— Eu sou o gângster Cara de Col. Mãos ao alto! Assine um cheque de cem mil dólares ou chamo as pompas fúnebres.

O milionário Terry Fox ainda não terminara de assinar, quando o gângster Cara de Col desaparecia com o cheque no bolso.

Cinco dias depois, a ilustre bailarina Sarahh Sahara dava um baile em seu palácio para a flor e a nata do país onde recebera tantos carinhos e conquistas. Toda a aristocracia de sangue e do dinheiro se encontrava reunida nesta magnífica festa.

Mister Jupirs Atlantius em pessoa estava presente ali e provava a seus amigos que ele era descendente direto de Júpiter III, último rei da Atlântida.

Madame Joan Papis, demonstrava que ela descendia da Papisa Joana.

Madame Sardine Jonas explicava que ela pertenceu à ilustre família dos Amieux Freres que, como todo mundo sabe, foi engendrada por Jonas no ventre de uma sardinha, pois a baleia ficara um pouco grande.

O grande industrial, senhor Soda, fizera imensa fortuna com sua invenção da Soda Fountain, a Soda Creme e o Sorvete de Soda, tão necessários para os motores gastos, e sem dúvida alguma os melhores lubrificantes para hóstias, as rodas de moinho, as bexigas e lanternas.

No melhor da festa, quando os pares se entregavam nos braços do *one step*, as senhoras brilhavam com seus colares de lâmpadas e os homens com suas gravatas de canapé, dez sombras apareceram no meio do grande salão, dez sombras sinistras com dez pistolas em cada mão. O baile parou como que por encanto. Uma voz troou detrás das altas cordilheiras.

— Mãos ao alto! Temos boa colheita. Graças a São Isidro lavrador.

As dez sombras foram tirando os colares do peito das damas, os pingentes, os baixos-relevos, os quadros célebres, as panóplias antigas, etc.

Finda a tarefa, uma mão escreveu na parede as seguintes palavras:

"John Chicago e seus discípulos, o Cara de Col, o Bigodes, o Umbigo sorridente, Mister Cook e irmãos, o senhor Pérez e filhos, saudamos a ilustre concorrência e lhes desejamos um feliz ano novo".

Um minuto depois, a dona da casa saía de dentro do seu relógio de pulseira, onde se escondera, pedindo mil perdões a seus convidados pelo assalto de que haviam sido vítimas em sua própria casa. Então o grande romancista, monsieur Woodrow Hindenburg, disse aos presentes:

— Senhores, tudo isso é culpa do infame John Chicago, que fez escola. Nosso dever é combater esse pernicioso e seus discípulos, por todos os nossos meios.

A senhorita Joan Papis, saltando sobre uma cadeira, clamou no deserto:

— Não, senhores, penso que devemos seguir o exemplo deste ilustre John, estudar profundamente o gangsterismo irradiante e tentar ser seus melhores discípulos. Vejam como os senhores Cook e Pérez, os mais prevenidos comerciantes deste país, se tornaram gângsteres com todos os membros de suas famílias.

Várias vozes soaram, por sua vez:

— Bravo! Tem razão, viva Joan Papis! Viva John Chicago!

À saída do baile de Sarahh Sahara, todos os convidados, todos os que tinham múltiplos e variados ofícios, já não tinham senão um: todos eram gângsteres. Só Sarahh Sahara resistia em mudar de ofício.

Cinco dias depois, a grande Sahara, ao voltar uma noite para casa, soube que sua mãe havia sido raptada. Um papel cravado na cadeira de rodas da anciã exigia a soma de sessenta mil dólares pelo resgate. O preço era elevado, sem dúvida alguma, dado o uso da senhora, cujas válvulas de escape e os órgãos propulsores estavam em muito mal estado. Mas a ilustre Sarahh não podia discutir nem regatear, tratando-se de sua mãe. Pagou e a mãe lhe foi restituída por documento autenticado.

Então a grande bailarina pensou que a melhor maneira de se refazer logo dos sessenta mil rublos perdidos, era ela mesmo se transformar em gângster, e assim o fez.

O número dos gângsteres aumentava de um modo alarmante. Havia batalhas em todas as esquinas da cidade. Passavam e repassavam os enterros como carrosséis. Os honrados cidadãos de Peterúnia já não sabiam o que fazer nem a quem pedir proteção. Centenas de policiais abandonaram seu trabalho equivocado e assumiram o gangsterismo. E não só policiais, mas outros chefes, prefeitos, sargentos e distintos graduados, vários ilustres políticos, ministros, senadores, futebolistas, coronéis, comandantes, manicures e bombeiros.

Cinco dias depois, o joalheiro Jacob Jacobson via aparecer diante dele a sombra trágica com a elegante pistola na mão. Uma voz de ultratúmulo sussurrava em seus ouvidos:

— Mãos ao alto! Todas as joias para cá!

Jacob Jacobson, ao ver a sombra se distanciar com seus tesouros e o suor da sua testa, gritou desesperado:

— Bom, eu também vou ser gângster.

Cinco dias depois, o reverendo Poison rezava em sua capela e listava seus projetos e boas ações.

Eram 6h15 da tarde. Às 6h30 apareceu diante de seus olhos meditativos a elegante pistola e a sombra trágica.

Ao sentir em seu rosto o calor suave da pistola, o reverendo levantou as mãos ao céu e exclamou:

— *My God*!

A voz da sombra irrompeu das sombras:

— *No my God*, *my John*... *my John*, está entendendo? *My John*.

E a sombra se afastou levando todas as orações, os projetos e as boas ações do reverendo Poison, que caiu de joelhos, dizendo como que ferido pela luz da divina graça:

— A partir deste momento me torno gângster.

Cinco dias depois realizava-se a grande reunião anual da Academia de Ciências de Peterúnia. A sala estava repleta de espectadores e simpatizantes das belas ciências. O eminente sábio Don Looping the Loop acabara de ser apresentado à assembleia pela célebre pintora senhora Pablo e Virgínia. Don Looping tinha a palavra. Sem dúvida alguma, o ilustre sábio era um homem de gênio, pois tinha muita paciência.

Sua paciência, medida pelo Clube Internacional de Turismo, passava de 930 quilômetros e podia ser percorrida por um bom automóvel no mínimo em 6 horas e 40 minutos.

O eminente sábio possuía uma bela calva que brilhava mais coquete que o diamante azul do Sultão Vermelho. Que formosa cabeça a do ilustre sábio! Sem um só cabelo e cheia de açúcar em flor como o telégrafo sem fios que faz nossos encantos nas tardes de outono.

Ninguém perdia uma palavra dos seus lábios de coral, nem uma mosca voava, ou se voava, ninguém ouvia o zumbido desesperador do seu motor mal oleado. Todos os homens de ciência dos quatorze continentes haviam dado consultas naquele congresso de eminentes. O ilustre sábio seguia desenrolando, perante os olhos atônitos e os ouvidos ávidos, a longa lista das suas descobertas.

Assim, senhores, descobri e classifiquei numerosos insetos e animalúnculos, entre os quais se destacam aqueles pertencentes à família dos Sombrerífagos, os Edredônicos e os Perlípedos. Descobri o Spirunga Phallis, que como seu nome indica, será melhor que o descreva numa assembleia só de cavalheiros. Descobri a Padrágora, pequeno animalúnculo cuja origem é bastante curiosa e que já fora previsto por certos sábios desconhecidos. A Padrágora nasce de uma gota diamantífera ou perlífera, que cai pelas pernas de

Kiss 1980

uma mulher guilhotinada no momento em que cai sua cabeça por ter devorado seu filho recém-nascido. A gota diamantífera ou perlífera deve se encontrar ao chegar ao chão com uma pastilha de Bouillon Kub. Do contato da gota com o Bouillon Kub, nasce a Padrágora, que é o mais belo e gracioso animalúnculo que se possa sonhar. Após nascer, este pequeno gnomo ou duendezinho, gesticula com as mãos e os braços. Faz o gesto que consiste em levantar uma mão com os dedos para cima, deixando um grande côncavo no centro, gesto que é um terrível insulto nos países da costa do Pacífico. Corre entre as pernas das mulheres, trepa por elas como macaco e lhes provoca cócegas, salvo seja, naquelas partes ou num salve-se quem puder. Escreve *cu* nas paredes, e todas as frases misteriosas que surgem de vez em quando nos muros das casas; é ele que desenha obscenidades na almofada dos canônicos e dos notários. Tem a cabeça oblonga, os olhos em pirâmide e o epigástrio em arabescos de uma sensibilidade extrema.

Também descobri, senhores, o Quarentífero, o único pássaro que pode voar quarenta dias e quarenta noites sem descanso. O único pássaro que não tem cheiro de mofo, pois só ele não esteve na Arca de Noé.

Ultimamente, senhores, descobri o fungo Antirrítmico, que é o causador do câncer. Este fungo que se multiplica célere em nosso sangue, tem um ritmo contrário ao de nossas células básicas. Está aí a origem do câncer. Ao se multiplicar, obriga as células vencidas a mudar de ritmo, então se produz o mal horrível.

Também descobri a Pompícula, formoso semimamífero que, como o nome indica, bebe água pelo olho do traseiro. Se senta na água e logo bombeia ou pompeia com o ânus, usando certos movimentos especiais de contração e relaxamento de cinco subdivisões do esfíncter...

— Mãos ao alto! — vibrou uma voz no meio da sala e, no mesmo instante, quarenta sombras ergueram quarenta pistolas.

Um cheiro de essência de rosas se espalhou pelo grande salão da Academia.

Era um espetáculo sublime ver a grande assembleia de sábios e cérebros escolhidos, com as mãos erguidas como que esperando a descida de um anjo ou a ruptura da abóboda celeste.

As quarenta sombras fizeram um registro completo no corpo da douta assembleia, levando toda sua ciência, numerosas novas e velhas ideias, alguns grandes problemas, algumas carteiras e até uma rica gama de cores da ilustre pintora dona Pablo e Virgínia. Como a ilustre pintora chorava, vendo se afastar em mãos estranhas suas cores e seus calores, suas corolas e seus corais!

Então foi quando a assembleia concordou, pela imensa maioria de votos, dedicar-se por inteiro ao grato ofício do gangsterismo, pensando que esse era o único meio de recuperar sua ciência, suas ideias, seus ensaios, suas descobertas e seus esforços. Não devemos esquecer que a Academia é uma respeitável senhora anciã, surda e cega, mas não muda, e que seu eloquente discurso tinha que convencer os demais membros do seu corpo gentil. Assim se explica a decisão tomada pela grande maioria.

O número de gângsteres se multiplicara de um modo incrível. Quase toda a povoação do país havia já assumido o interessante e lucrativo ofício. Só alguns recalcitrantes ou cérebros atrasados não queriam abandonar seus velhos costumes, resistindo a entrar no novo caminho do bem-estar e do progresso.

Os senhores gângsteres viviam em magníficos palácios, possuíam os melhores carros, os melhores iates, as melhores mulheres, os melhores filhos e os melhores pais. Comiam a melhor comida, bebiam a melhor bebida. Sobretudo manipulavam as finanças e a alta política do país.

Na cidade de Peterúnia, oitenta por cento dos habitantes eram gângsteres e haviam erguido diversos monumentos ao grande John. Não só Peterúnia, mas todas as cidades do país ostentavam orgulhosas pelo menos uma estátua do insigne inventor do gangsterismo radiante.

Escreviam-se livros sobre o grande John, imprimiam discos com sua voz para conservá-la às gerações futuras, seu cheiro era encerrado em pequenas caixas de ônix, para ter sempre presente a todos os sentidos. Era fotografado e filmado em todas as posições, em todas as horas do dia e da noite.

Isso explica o desespero das multidões no dia da sua morte. O ataúde do grande John flutuava sobre um rio de lágrimas sem precisar de remo nem hélice ou velas. O ataúde do ilustre inventor era de ouro, construído com todos os relógios que havia conquistado em sua brilhante carreira artística e social. O ataúde feito de relógios e com todos os relógios andando, parecia dar vida e pulsação eterna ao amado despojo que dormia o derradeiro sono.

E então se produziu um milagre. Os últimos recalcitrantes passaram para o lado do morto, que, como el Cid, conquistou sua melhor batalha em estado de cadáver. Todo o mundo abraçou a nova religião.

Como todos os habitantes de Peterúnia eram gângsteres, acabaram-se assim os gângsteres em Peterúnia.

Posfácio

Uma performance verbal a quatro mãos

Jorge Henrique Bastos

"Hemos cantado a la Naturaleza (cosa que a ella bien poco le importa). Nunca hemos creado realidades propias, como ella lo hace o lo hizo en tiempos pasados, cuando era joven y llena de impulsos creadores (...) *Non serviam*. No he de ser tu esclavo, madre Natura"

Huidobro, *Manifiestos* (1925)

Com a eclosão das vanguardas históricas surgidas a partir das primeiras décadas do século 20, inúmeras vagas artísticas se consolidaram ao longo desse percurso. Na gênese deste livro surgem duas figuras emblemáticas como referência: o franco-alemão, Hans Arp, e o poeta chileno, Vicente Huidobro.

Embora atuassem em diversas frentes, se encontraram na amizade e na parceria literária, que resultou nesta obra singular, norteada por um processo inovador, bem aos moldes da época.

Hans Arp (1887-1966) foi um artista multifacetado, transitando com desenvoltura em múltiplos espaços. Nasceu em Estrasburgo, capital da Alsácia, região dominada pela Alemanha, entre 1887/1918, mas depois se naturalizou francês. No início da Primeira Guerra, tornou-se amigo de Apollinaire, Max Jacob, Modigliani e Picasso. Sua atuação transformou-o num *enfant terrible*, que explorou várias expressões como a poesia, pintura, fotografia, colagem, escultura e até vídeo. Esteve vinculado a movimentos como o suprematismo, Bauhaus, expressionismo, construtivismo, dadaísmo e o surrealismo. Toda essa dinâmica poderia designá-lo como um "artista total", capaz de incitar uma prática estética coletiva e aprofundar os processos criativos. A melhor definição deste artista, mas que praticou sempre a poesia, foi feita por Marcel Duchamp: "For Arp, art is Arp".

Deve-se assinalar ainda que foi um dos fundadores do "Cabaret Voltaire", junto com Tristan Tzara e Hugo Ball, que se tornou o germe do movimento Dada. Tal versatilidade ajuda a explicar um pouco a colaboração com o poeta chileno.

Vicente Huidobro (1893-1948) mudou-se para Paris, em 1916, quando o caldeirão vanguardista fervia e os efeitos da guerra se propagavam pela Europa. Seu direcionamento foi marcante, colaborando e apoiando muitas iniciativas na companhia de figuras incontornáveis daquele período. Huidobro realizou projetos com Pierre Reverdy, ficou próximo de Jean Cocteau, André Breton, Louis Aragon, entre outros. E se incompatibilizou com muita gente.

Data desta época — 1917 —, a publicação de *Horizon Carré*, traduzido para o francês com ajuda do pintor espanhol, Juan Gris. No ano seguinte, visita a Espanha, onde trava amizade com Sonia e Robert Delaunay e participa dos célebres encontros do café "Pombo", organizados por Ramón Gómez de la Serna. No âmbito hispanoamericano, o autor era conhecido e respeitado, e a unanimidade o considerava mentor do "Creacionismo".

Tais pressupostos demonstram que ambos já haviam iniciado um percurso decisivo, cada um forjando suas especificidades estéticas. Portanto, não surpreende que tenham decidido se aventurar na escrita de uma obra a quatro mãos.

A gênese de *Três Imensas Novelas* remonta ao ano de 1931, quando passaram férias em Arcachon, região da Aquitânia, na França, com suas respectivas mulheres. O livro foi escrito em francês. Em 1935, sai a primeira edição em espanhol, publicada no Chile.

A obra expõe alguns pontos esclarecedores. A rigor, os coautores escreveram três "novelas"; as duas últimas foram compostas posteriormente por Huidobro. O título surge indistintamente como *Tres Novelas Ejemplares* e *Tres*

Inmensas Novelas. O primeiro, remete às novelas cervantinas; o segundo, dissimula certa superlatividade irônica, tendo em conta que são narrativas breves.

Na edição chilena já referida, apareceram a carta de Huidobro, discorrendo sobre alguns pormenores, e mais duas micronarrativas. O autor chileno explicava que foram escritas a pedido de um editor, para aumentar o número de páginas do volume a publicar.

Com efeito, percebe-se, à partida, o processo intenso da paródia que moveu os coautores, um dos tópicos formadores da obra. O leitor, ao deslindar as narrativas, se depara com subtítulos que as caracterizam como policial, pós-histórica e oriental.

O típico apetite experimental de Huidobro/Arp expõe sua exuberância. Não há uma ordem discursiva, a hibridez literária é o modo explícito da sua prática, tal como (des) constroem fatos, personagens, a realidade e o inconsciente. A dessacralização proposta envolve as imagens aleatórias, que sucedem num ritmo alucinante, a natureza se metamorfoseia e instaura novas possibilidades. Eles parecem tentar demolir os sentidos, abalar a racionalidade, libertando a imaginação, segundo os preceitos do período.

Contudo, as micronarrativas não economizam nas críticas, o sarcasmo impera, a mordacidade impulsiona a dinâmica ficcional vertiginosa. As guerras, a política, a religião, a arte e os artistas, as instituições, tudo é alvo da escrita tumultuosa desta parelha insurreta. Seu afã não é orientar, conduzir, mas desnortear, subverter. Tudo se realiza de acordo com a ironia e o humor bizarros. Dir-se-ia que praticam um gênero de deformação absurda do mundo e da natureza.

Figuras simbólicas são alteradas: Napoleão, Aníbal e Hernán Cortés, imperadores romanos e políticos, escritores e artistas plásticos. Trata-se de uma demanda rumo à desestruturação da linearidade histórica. São caricaturas surreais que decoram o discurso, exagerando no próprio exercício em curso, numa sátira implacável.

Entretanto, convém acentuar que a atitude de Huidobro/ Arp não se reveste apenas de um experimento vanguardista. Sob o fio condutor destas micronarrativas uma crítica acérrima une arte e política.

Os conflitos bélicos despertados pelas convulsões europeias, que provocaram as grandes guerras ou a Guerra Civil espanhola, acabaram por fomentar nos coautores uma perspectiva dialética. Huidobro não se deixou ficar apenas nas trincheiras do experimentalismo estético, foi uma figura ativa e da contraposição, tanto no seu país, como na Europa. Isto se evidencia em vários momentos desta pequena ciranda literária. A liberdade criativa assumia o confronto efetivo face aos fascismos que se propagavam. Perante o desconcerto do mundo, a escrita irracional adquiria a capacidade de se insurgir contra a barbárie, da mesma maneira que a irracionalidade dos acontecimentos se refletia na vida e na arte dos homens. Neste sentido, os coautores se mantiveram atentos ao seu tempo, em sinergia com o que acontecia no mundo real, mas defendendo radicalmente a criação que se propuseram realizar.

A posição iconoclasta revelada aqui determina a relação cabal com a vontade de transgredir, característica flagrante que animava a sucessão de movimentos daquele período. O livro adquire assim um pendor marginal, se inserindo numa camada inclassificável ao postular o inconformismo, ao desagregar os limites ficcionais, idealizando um cronotopos peculiar.

Ou seja, é uma performance verbal, em espiral, criada sob a égide da liberdade plena, dístico genuíno da tradição vanguardista que marcou o século 20, e parece se prolongar para além dele.

Cronologia

Vicente Huidobro

1893 – Nasce em Santiago do Chile, em 10 de janeiro. Oriundo de uma família aristocrática, é educado em francês e inglês.

1910 – Estuda literatura no Instituto Pedagógico da Universidade do Chile. O gosto pela literatura se desenvolveu nas tertúlias organizadas por sua mãe.

1911 – Publica, aos 18 anos, o livro *Ecos del alma*, que evidenciava a influência modernista.

1913 – Surgem os livros *La gruta del silencio*, *Canciones en la noche* e *Las pagodas ocultas*.

1914 – Publica *Pasando y pasando*.

1915 – Publica *Adan*, onde alguma crítica detecta sinais do "Creacionismo".

Foto: Museu Nacional Centro de Arte Reina Sofía, Biblioteca Nacional, autor desconhecido

1916 – Após breve passagem por Buenos Aires, parte com a família para a Europa. Publica *El espejo de agua*, livro com apenas 9 poemas.

1917 – Publica *Horizon Carré*; colabora na revista "Nord-Sur", de Pierre Reverdy.

1918 – Publica vários livros em Madri – *Ecuatorial*, *Poemas Árticos*, *Hallali* e *Tour Eiffel*. Reencontra Rafael Cansinos Assens, o casal Delaunay e Guillermo de Torre. Expõe a Ramón Gómez de la Serna suas ideias sobre o "Creacionismo".

1920 – Polêmica com Pierre Reverdy sobre a paternidade do "Creacionismo".

1921 – Colabora com várias figuras das vanguardas europeias. Publica *Saisons Choisies*. Surge em Paris, a revista "Creación", dirigida pelo poeta.

1923 – Escreve o roteiro do filme "Cagliostro" e recebe o único prêmio que ganhou no estrangeiro, outorgado pela "League for Better Motion Pictures", em Nova Iorque. Outra polêmica sobre a gênese do "Creacionismo". Guillermo de Torre afirmou que Huidobro copiou a ideia de Julio Herrera y Reissig.

1926 – Regressa ao Chile e publica *Vientos contrarios*. Funda o jornal "Acción – diario de purificación nacional".

1929 – Publica *Mio Cid campeador*.

1930 – A partir desta década, intensifica sua atividade política, se filiando ao Partido Comunista do Chile.

1931 – Publica *Temblor del cielo* e *Altazor*, um dos livros cruciais da literatura hispanoamericana.

1934 – Publica a comédia *En la Luna* e a novela *La próxima*.

1937 – Escreve *Monumento al mar*.

1941 – Publica *Ciudadano del olvido* e *Ver y palpar*.

1944 – Cria a revista "Actual", em seguida vai para a Europa como correspondente de guerra.

1948 – Devido às sequelas da guerra, falece vítima de um derrame cerebral, em 2 de janeiro deste ano. Sua filha, Manuela García-Huidobro, organiza a edição póstuma de Últimos Poemas.

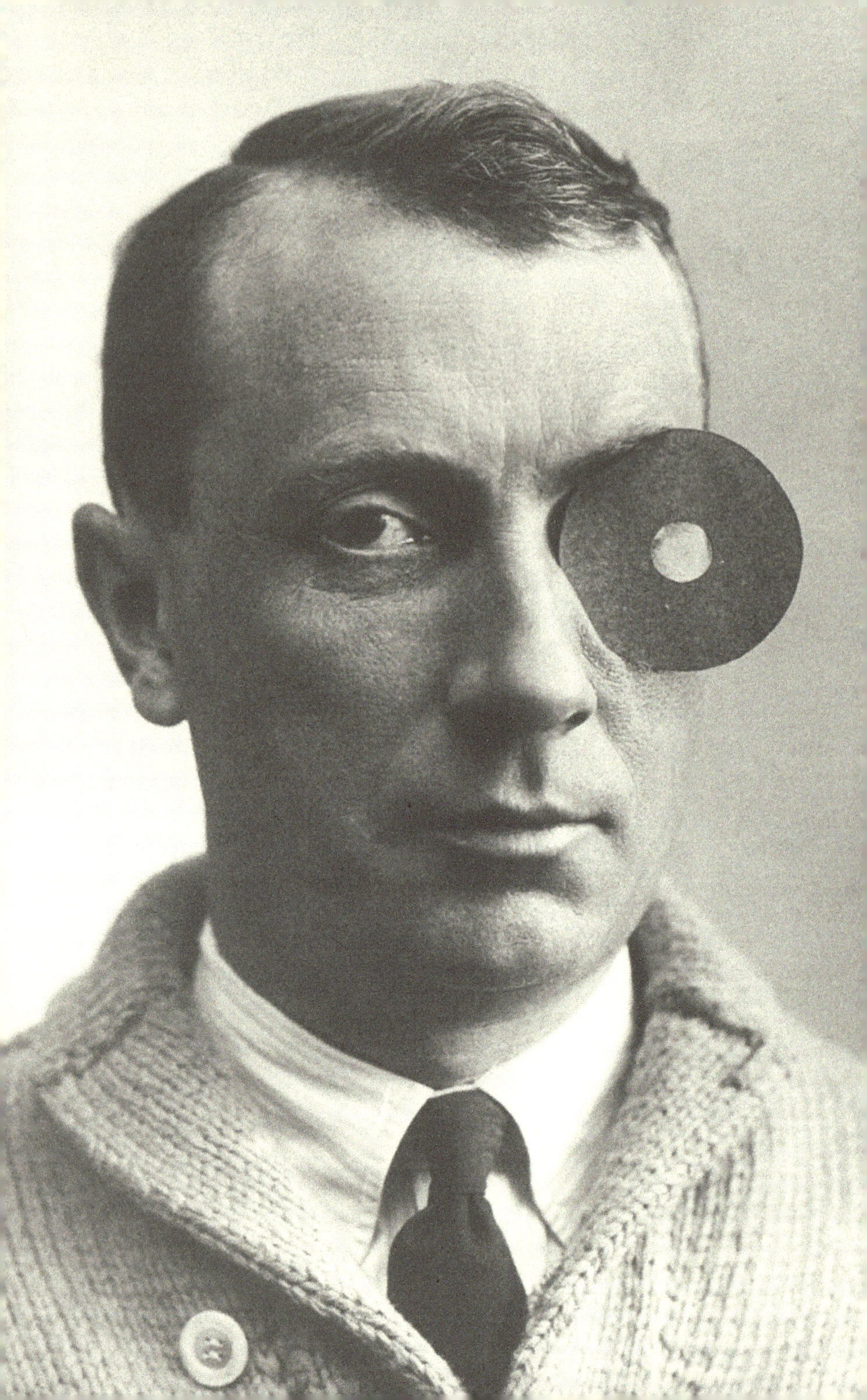

Hans Arp

1886 – Nasce em Estrasburgo.

1904/06 – Estuda na Academia de Belas Artes de Weimar.

1908 – Frequenta a Academia Julien, em Paris.

1909 – Conhece Paul Klee.

1911 – É um dos fundadores do grupo "Der Modern Bund".

1912 – Um dos colaboradores de "Blaue Reiter".

1915 – Reencontra com Sophie Taeuber, mas casam-se só em 1922.

1916 – Torna-se um dos fundadores do movimento Dada.

1925 – Passa a viver em Paris, ligando-se ao movimento surrealista, com o qual rompe em 1931.

1926 – Assume a nacionalidade francesa, juntamente com sua companheira.

1942 – Se refugia na Suíça com Sophie.

Foto: Autor desconhecido

1943 – Tentativa frustrada de emigrar para os Estados Unidos. Sua mulher morre asfixiada por monóxido de carbono, na noite de 12/13 deste ano, na casa do amigo do casal, Max Bill.

1954 – Obtém a consagração com o grande prêmio de escultura da Bienal de Veneza.

1959 – Casa-se pela segunda vez com uma amiga de longa data, Marguerite Hagenbach.

1960 – Recebe a Legião de Honra pelo conjunto da obra.

1962 – O Museu Nacional de Arte Moderna de Paris organiza uma ampla retrospectiva do artista.

1966 – Falece em Bâle, a 7 de junho, tinha 80 anos.

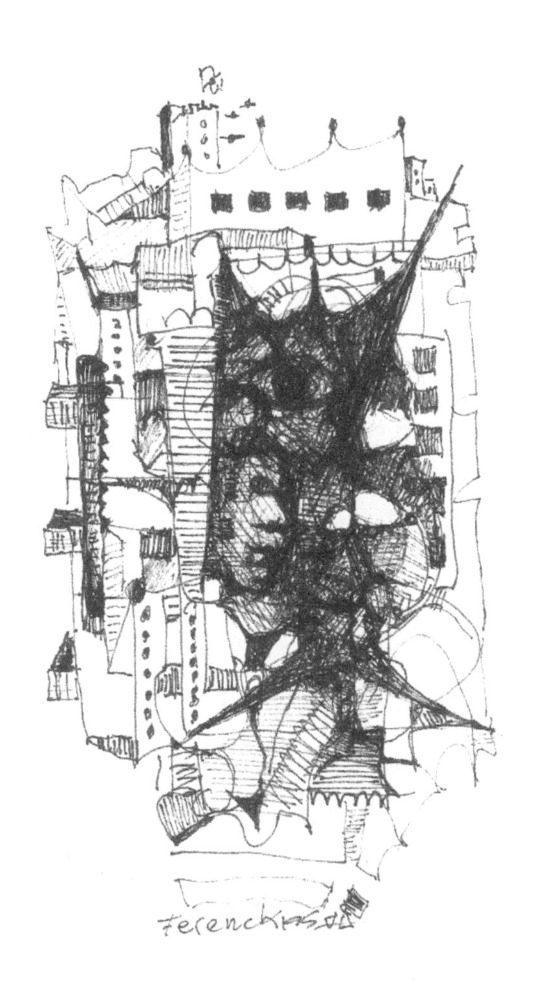

Este livro foi composto em *Minion* e terminou de
ser impresso nas oficinas da *Meta Brasil Gráfica*,
em Cotia, SP, sobre papel off-white 80g.